FELIX TIMMERMANS
SANKT NIKOLAUS IN NOT

und andere Erzählungen
Mit Zeichnungen des Dichters

Insel Verlag

Insel-Bücherei Nr. 420
Sonderausgabe 2018

SANKT NIKOLAUS
IN NOT

SANKT NIKOLAUS IN NOT

Es fielen noch ein paar mollige Flocken aus der wegziehenden Schneewolke, und da stand auf einmal auch schon der runde Mond leuchtend über dem weißen Turm.

Die beschneite Stadt wurde eine silberne Stadt.

Es war ein Abend von flaumweicher Stille und lilienreiner Friedsamkeit. Und wären die flimmernden Sterne herniedergesunken, um als Heilige in goldenen Meßgewändern durch die Straßen zu wandeln — niemand hätte sich gewundert.

Es war ein Abend, wie geschaffen für Wunder und Mirakel. Aber keiner sah die begnadete Schönheit des alten Städtchens unter dem mondbeschienenen Schnee.

Die Menschen schliefen.

Nur der Dichter Remoldus Keersmaeckers, der in allem das Schöne sah und darum lange Haare trug, saß noch bei Kerzenschein und Pfeifenrauch und reimte ein Gedicht auf die Götter des Olymps und die Herrlichkeit des griechischen Himmels, die er so innig auf Holzschnitten bewundert hatte.

Der Nachtwächter Dries Andijvel, der auf dem Turm die Wache hielt, huschte alle Viertelstunden hinaus, blies eilig drei Töne in die vier Windrichtungen, kroch dann zurück in die warme, holzgetäfelte Kammer zum bullernden Kanonenöfchen und las weiter in seinem Liederbüchlein: »Der flämische Barde, hundert Lieder für fünf Groschen«. War eins dabei, von dem er die Weise kannte, dann kratzte er die auf einer alten Geige und sang das Lied durch seinen weißen Bart, daß es bis hoch ins rabenschwarze Gerüst des Turmes schallte. Ein kühles Gläschen Bier schmierte ihm jedesmal zur Belohnung die Kehle.

Trinchen Mutser aus dem »Verzuckerten Nasenflügel« saß in der Küche und sah traurig durch das Kreuzfensterchen in ihren Laden.

Ihr Herz war in einen Dornbusch gefallen. Trinchen Mutsers Herz war ganz durchstochen und durchbohrt, nicht weil all ihr Zuckerzeug heut am Sankt-Nikolaus-Abend ausverkauft war — ach nein! weil das große Schokoladenschiff stehen geblieben war. Einen halben Meter war es hoch und so lang wie von hier bis dort! Wie wunderschön stand es da hinter den flaschengrünen Scheiben ihres Lädchens, lustig mit Silberpapier beklebt, verziert mit rosa Zuckerrosetten, mit Leiterchen aus weißem Zucker und mit Rauch in den Schornsteinen. Der Rauch war weiße Watte.

Das ganze Stück kostete so viel wie all die kleinen Leckereien, die Pfefferkuchenhähne mit einem

Federchen am Hintern, die Knusperchen, die Schaumflocken, die Zuckerbohnen und die Schokoladenplätzchen zusammen. Und wenn das Stück, das Schiff

aus Schokolade, das sich in rosa Zuckerbuchstaben als die »Kongo« auswies, nicht verkauft wurde, dann lag ihr ganzer Verdienst im Wasser, und sie verlor noch Geld obendrein.

Warum hat sie das auch kaufen müssen? Wo hat sie nur ihre Gedanken gehabt! So ein kostbares Stück für ihren bescheidenen kleinen Laden!

Wohl waren alle gekommen, um es sich anzusehen, Mütter und Kinder, sie hatte dadurch verkauft wie noch nie. Aber kein Mensch fragte nach dem Preis, und so blieb es stehen und rauchte immer noch seine weiße Watte, stumm wie ein toter Fisch.

Als Frau Doktor Vaes gekommen war, um Varenbergsche Hustenbonbons zu holen, da hatte Trinchen gesagt: »Sehen Sie nur mal, Frau Doktor Vaes, was für ein schönes Schiff! Wenn ich Sie wäre, dann würde ich Ihren Kindern nichts anderes zum Sankt Nikolaus schenken als dieses Schiff. Sie werden selig sein, wie im Himmel.«

»Ach,« sagte Frau Vaes abwehrend, »Sankt Nikolaus ist ein armer Mann. Die Kinder werden schon viel zu sehr verwöhnt, und außerdem gehen die Geschäfte von dem Herrn Doktor viel zu schlecht. Wissen Sie wohl, Trinchen, daß es in diesem Winter fast keine Kranken gibt? Wenn das nicht besser wird, weiß ich gar nicht, was wir anfangen sollen.« Und sie kaufte zwei Pfefferkuchenhähne auf einem Stäbchen und ließ sich tagelang nicht mehr sehen.

Und heute war Nikolausabend; aller Kleinkram war verkauft, nur die »Kongo« stand noch da in ihrer braunen Kongofarbe und rauchte einsam und verlassen ihre weiße Watte. Zwanzig Franken Verlust! Der ganze Horizont war schwarz wie die »Kongo« selber. Vielleicht könnte man sie stückweise verkaufen oder verlosen? Ach nein, das brachte noch nicht fünf Franken ein, und sie konnte das Ding doch nicht auf die Kommode stellen neben die anderen Nippsachen.

Ihr Herz war in einen Dornbusch gefallen. Sie zündete eine Kerze an für den heiligen Antonius und eine für Sankt Nikolaus und betete einen Rosenkranz, auf daß der Himmel sich des Schiffes annehmen möge und Gnade tauen. Sie wartete und wartete. Die Stille wanderte auf und ab.

Um zehn Uhr machte sie die Fensterläden zu und konnte in ihrem Bett vor Kummer nicht schlafen.

Und es gab noch ein viertes Wesen in dem verschneiten Städtchen, das nicht schlief. Das war ein kleines Kind, Cäcilie; es hatte ein seidig blondes Lockenköpfchen und war so arm, daß es sich nie mit Seife waschen konnte, und ein Hemdchen trug es, das nur noch einen Ärmel hatte und am Saum ausgefranst war wie Eiszapfen an der Dachrinne.

Die kleine Cäcilie saß, während ihre Eltern oben schliefen, unter dem Kamin und wartete, bis Sankt Nikolaus das Schokoladenschiff von Trinchen Mutser durch den Schornstein herunterwerfen würde. Sie wußte, es würde ihr gebracht werden; sie hatte es jede Nacht geträumt, und nun saß sie da und wartete voller Zuversicht und Geduld darauf; und weil sie fürchtete, das Schiff könne beim Fallen kaputtgehen, hatte sie sich ihr Kopfkissen auf den Arm gelegt, damit es weich wie eine Feder darauf niedersinken könnte.

Und während nun die vier wachenden Menschen im Städtchen: der Dichter, der Turmwächter, Trinchen Mutser und Cäcilie, ein jedes mit seiner Freude, seinem Kummer oder seiner Sehnsucht beschäftigt, nichts sahen von der Nacht, die war wie ein Palast, öffnete sich der Mond wie ein runder Ofen mit silberner runder Tür, und es stürzte aus der Mondhöhle eine solche strahlende Klarheit hernieder, daß sie sich auch mit goldener Feder nicht beschreiben ließe.

Einen Augenblick lang fiel das echte Licht aus dem wirklichen Himmel auf die Erde. Das geschah, um Sankt Nikolaus auf seinem weißen, schwer beladenen Eselchen und den schwarzen Knecht Ruprecht durchzulassen.

Aber wie kamen sie nun auf die Erde? Ganz einfach. Das Eselchen stellte sich auf einen Mondstrahl, stemmte die Beine steif und glitschte nur so hinunter, wie auf einer schrägen Eisbahn. Und der schlaue Knecht Ruprecht faßte den Schwanz vom Eselchen und ließ sich ganz behaglich mitziehen, auf den Fersen hockend. So kamen sie ins Städtchen, mitten auf den beschneiten Großen Markt.

In Körben, die zu beiden Seiten des Eselchens hingen, dufteten die bunten Leckereien, die Knecht Ruprecht unter der Aufsicht von Sankt Nikolaus in der

Konditorei des Himmels gebacken hatte. Und als man sah, daß es nicht reichte und der Zucker zu Ende ging, da hatte Knecht Ruprecht sich in Zivil geworfen, um unerkannt in den Läden, auch bei Trinchen Mutser, Süßigkeiten zu kaufen, von dem Geld aus den Sankt-Nikolaus-Opferstöcken, die er alle Jahre

einmal in den Kirchen ausleeren durfte. Mit all den Leckereien war er an einem Mondstrahl in den schönen Himmel hinaufgeklettert, und nun mußte das alles verteilt werden an die kleinen Freunde von Sankt Nikolaus.

Sankt Nikolaus ritt durch die Straßen, und bei jedem Haus, in dem ein Kind wohnte, gab er je nach der Artigkeit des Kindes dem Knecht Ruprecht Leckereien, welche dieser, mit Katzengeschmeidigkeit an Regenkandeln und Dachrinnen entlang kletternd und über die Ziegel krabbelnd, zum Schornstein brachte; da ließ er sie dann vorsichtig hinunterfallen durch das kalte zugige Kaminloch, gerade auf einen Teller oder in einen Holzschuh hinein, ohne die zerbrechlichen Köstlichkeiten auch nur etwas zu bestoßen oder zu schrammen.

Knecht Ruprecht verstand sich auf seine Sache, und Sankt Nikolaus liebte ihn wie seinen Augapfel.

So bearbeiteten sie das ganze Städtchen, warfen herab, wo zu werfen war, sogar hier und da eine harte Rute für rechte Taugenichtse.

»Da wären wir bis zum nächsten Jahr wieder mal fertig«, sagte der Knecht Ruprecht, als er die leeren Körbe sah. Er steckte sich sein Pfeifchen an und stieß einen erleichterten Seufzer aus, weil die Arbeit nun getan war.

»Was?« fragte Sankt Nikolaus beunruhigt, »ist nichts mehr drin? Und die kleine Cäcilie? die brave kleine Cäcilie? schscht!«

Sankt Nikolaus sah auf einmal, daß sie vor Cäciliens Haus standen, und legte mahnend den Finger auf den Mund. Doch das Kind hatte die warme, brummende Stimme gehört wie Hummelgesumm, machte große Augen unter dem goldenen Lockenkopf, glitt ans Fenster, schob das Gardinchen weg und sah Sankt Nikolaus, den wirklichen Sankt Nikolaus.

Das Kind stand mit offenem Munde staunend da. Und während es sich gar nicht fassen konnte über den goldenen Bischofsmantel, der funkelte von bunten Edelsteinen wie ein Garten, über die Pracht der Mitra, worauf ein diamantenes Kreuz Licht in die Nacht hineinschnitt wie mit Messern, über den Reichtum der Ornamente am Krummstab, wo ein silberner Pelikan das Rubinenblut pickte für seine Jungen, während sie die feine Spitze besah, die über den purpurnen Mantel schleierte, während sie Gefallen fand an dem guten weißen Eselchen, und während sie lachen mußte über die Grimassen von dem drolligen schwarzen Knecht, der die weißen Augen herumrollte, als ob sie lose wie Taubeneier in seinem Kopf lägen, während alledem hörte sie die zwei Männer also miteinander reden:

»Ist gar nichts mehr in den Körben, lieber Ruprecht?«

»Nein, heiliger Herr, so wenig wie in meinem Geldsäckel.«

»Sieh noch einmal gut nach, Ruprecht!«

»Ja, heiliger Herr, und wenn ich die Körbe auch ausquetsche, so kommt doch nicht so viel heraus wie eine Stecknadel.«

Sankt Nikolaus strich kummervoll über seinen schneeweißen Lockenbart und zwinkerte mit seinen honiggelben Augen.

»Ach,« sagte der schwarze Knecht, »da ist nun doch nichts mehr zu machen, heiliger Herr. Schreib der kleinen Cäcilie, daß sie im kommenden Jahr doppelt und dreimal soviel kriegen soll.«

»Niemals! Ruprecht! Ich, der ich im Himmel wohnen darf, weil ich drei Kinder, die schon zerschnitten und eingepökelt waren, wieder zum Leben gebracht und ihrer Mutter zurückgegeben habe, ich sollte nun diese kleine Cäcilie, das bravste Kind der ganzen Welt, leer ausgehen lassen und ihm eine schlechte Meinung von mir beibringen? Nie, Ruprecht! Nie!«

Knecht Ruprecht rauchte heftig, das brachte auf gute Gedanken, und sagte plötzlich: »Aber, heiliger Herr, nun hört mal zu! Wir haben keine Zeit mehr, um noch einmal zum Himmel zurückzukehren, Ihr wißt, für Sankt Peter ist der Himmel kein Taubenschlag. Und außerdem, der Backofen ist kalt und der Zucker zu Ende. Und hier in der Stadt schläft alles, und es ist Euch sowohl wie mir verboten, Menschen zu wecken, und zudem sind auch alle Läden ausverkauft.«

Sankt Nikolaus strich nachdenklich über seine von vier Falten durchzogene Stirn, neben der schon Löckchen glänzten, denn sein Bart begann dicht unter dem Rande seines schönen Hutes.

Ich brauche euch nicht zu erzählen, wie Cäcilie langsam immer bekümmerter wurde von all den Worten. Das reiche Schiff sollte nicht bei ihr stranden! Und auf einmal schoß es leuchtend durch ihr Köpfchen. Sie machte die Tür auf und stand in ihrem zerschlissenen Hemdchen auf der Schwelle. Sankt Nikolaus und Knecht Ruprecht fuhren zusammen wie die Kaninchen. Doch Cäcilie schlug ehrerbietig ein Kreuz, stapfte mit ihren bloßen Füßchen in den Schnee und ging zu dem heiligen Kinderfreund. »Guten Tag, lieber Sankt Nikolaus«, stammelte das Kind. »Alles ist noch nicht ausverkauft ... bei Trinchen Mutser steht noch ein großes Schokoladenschiff vom Kongo ... wie sie die Läden vorgehängt hat, stand es noch da. Ich hab es gesehen!«

Von seinem Schreck sich erholend, rief Sankt Nikolaus erfreut: »Siehst du wohl, es ist noch nicht alles ausverkauft! Auf zu Trinchen Mutser! Zu Trinchen . . . aber ach!« . . . und seine Stimme zitterte verzweifelt, »wir dürfen niemand wecken.«

»Ich auch nicht, Sankt Nikolaus?« fragte das Kind.

»Bravo!« rief der Heilige, »wir sind gerettet, kommt!«

Und sie gingen mitten auf der Straße, die kleine Cäcilie mit ihren bloßen Füßen voran, gerade nach der Eierwaffelstraße, wo Trinchen Mutser wohnte. In der Süßrahmbutterstraße wurde ihr Blick auf ein erleuchtetes Fenster gelenkt. Auf dem heruntergelassenen Vorhang sahen sie den Schatten von einem dürren, langhaarigen Menschen, der mit einem Büchlein und einer Pfeife in der Hand große Gebärden machte, und sein Mund ging dabei auf und zu.

»Ein Dichter«, sagte Sankt Nikolaus und lächelte.

Sie kamen vor Trinchen Mutsers Haus. Im Mondlicht konnten sie gut das Aushängeschild erkennen: »Zum verzuckerten Nasenflügel«.

»Weck sie rasch auf«, sagte Sankt Nikolaus. Und das Kindchen lehnte sich mit dem Rücken an die Tür und klopfte mit der Ferse gegen das Holz. Aber das klang leise wie ein Samthämmerchen. »Stärker«, sagte der schwarze Knecht. »Wenn ich noch stärker klopfe, wirds noch weniger gehen, denn mein Fuß tut mir weh«, sagte das Kind. »Mit den Fäusten«, sagte Knecht Ruprecht. Doch die Fäustchen waren noch leiser als die Fersen.

»Wart, ich werd meinen Schuh ausziehen, dann kannst du damit klopfen«, sagte Knecht Ruprecht.

»Nein,« gebot Sankt Nikolaus, »kein Drehn und Deuteln! Gott ist heller um uns als dieser Mondschein und duldet keine Advokatenkniffe.« Und doch hätte der gute Mann sich gern einen Finger abgebissen, um Cäcilie befriedigen zu können.

»Ach! aber den Kerl mit den Affenhaaren auf dem Vorhang!« rief Knecht Ruprecht erfreut, »den darf ich rufen, der schläft nicht!«

»Der Dichter! der Dichter!« lachte Sankt Nikolaus. Und nun gingen sie alle drei schnell zu dem Dichter Remoldus Keersmaeckers.

Und kurzerhand machte Knecht Ruprecht kleine Schneebälle, die er ans Fenster warf. Der Schatten stand still, das Fenster ging auf, und das lange Gestell des Dichters, der Verse von den Göttern und Göttinnen des Olymps hersagte, wurde im Mondschein sichtbar und fragte von oben: »Welche Muse kommt, um mir Heldengesänge zu diktieren?«

»Du sollst Trinchen Mutser für uns wecken«, rief Sankt Nikolaus, und er erzählte seine Not.

»Ja, bist du denn der wirkliche Sankt Nikolaus?« fragte Remoldus.

»Der bin ich!« Und darauf kam der Dichter erfreut herunter, jätete allen Dialekt aus seiner Sprache, machte Verbeugungen und redete von Dante, Beatrice, Vondel, Milton und anderen Dichtergestalten, die er im Himmel glaubte. Dann stand er ihnen zu Diensten.

Sie kamen zu Trinchen Mutser, und der Dichter stampfte und rammelte mit so viel Temperament an der Tür, daß das Frauenzimmer holterdiepolter aus dem Bett stürmte und erschrocken das Fenster öffnete.

»Geht die Welt unter?«

»Wir kommen wegen dem großen Schokoladenschiff«, sagte Sankt Nikolaus, weiter konnte er ihr nichts erklären, denn sie war schon weg und kam wieder in ihrer lächerlichen Nachtkleidung, mit einem bloßen Fuß und einem Strumpf in der Hand, und machte die Tür auf.

Sie steckte die Lampe an und ging sofort hinter den Ladentisch, um zu bedienen. Sie dachte, es müsse der Bischof von Mecheln sein.

»Herr Bischof,« sagte sie stotternd, »hier ist das Schiff aus bester Schokolade, und es kostet fünfundzwanzig Franken.« Der Preis war nur zwanzig Franken, aber ein Bischof kann ja gern fünf Franken mehr bezahlen.

Aber nun platzte die Bombe! Geld! Sankt Nikolaus hatte kein Geld, das hat man im Himmel nun einmal nicht nötig. Knecht Ruprecht hatte auch kein

Geld, das Kind hatte nur ein zerschlissenes Hemdchen an, und der Dichter kaute an seinem langen Haupt- und Barthaar vor Hunger – er war vier Wochen Miete schuldig.

Niedergeschlagen sahen sie einander an.

»Es ist Gott zuliebe«, sagte Sankt Nikolaus. Gerne hätte er seine Mitra gegeben, aber alles das war ihm vom Himmel geliehen, und es wäre Heiligenschändung gewesen, es wegzugeben.

Trinchen Mutser rührte sich nicht und betrachtete sie finster.

»Tu es dem Himmel zuliebe«, sagte Knecht Ruprecht. »Nächstes Jahr will ich auch deinen ganzen Laden aufkaufen.«

»Tu es aus lauter Poesie«, sagte der Dichter theatralisch.

Aber Trinchen rührte sich nicht, sie fing an zu glauben, weil sie kein Geld hatten, daß es verkleidete Diebe seien.

»Schert euch raus! Hilfe! Hilfe!« schrie sie auf einmal. »Schert euch raus! Heiliger Antonius und Sankt Nikolaus, steht mir bei!«

»Aber ich bin doch selbst Sankt Nikolaus«, sagte der Heilige.

»So siehst du aus! Du hast nicht mal einen roten Heller aufzuweisen!«

»Ach, das Geld, das alle Bruderliebe vergiftet!« seufzte Sankt Nikolaus.

»Das Geld, das die edle Poesie verpfuscht!« seufzte der Dichter Keersmaeckers.

»Und die armen Leute arm macht«, schoß es der kleinen Cäcilie durch den Kopf.

»Und ein Schornsteinfegerherz doch nicht weiß klopfen machen kann«, lachte Knecht Ruprecht. Und sie gingen hinaus.

In der Mondnacht, die still war von Frostesklarheit und Schnee, tönte das »Schlafet ruhig« hart und hell vom Turm.

»Noch einer, der nicht schläft«, rief Sankt Nikolaus erfreut, und sogleich steckte Knecht Ruprecht auch schon den Fuß zwischen die Tür, die Trinchen wütend zuschlagen wollte.

»Haltet ihr mir die Frau wach,« sagte der schwarze Knecht, »ich komme sofort zurück!« Und damit stieß er die Tür wieder auf, und zwar so heftig, daß Trinchen sich plötzlich in einem Korb voll Zwiebeln wiederfand.

Und während die andern aufs neue hineingingen, sprang Knecht Ruprecht auf das Eselchen, sauste wie ein Sensenstrich durch die Straßen, hielt vor dem Turm, kletterte an Zinnen, Vorsprüngen und Zieraten, Schiefern und Heiligenbildern den Turm hinauf bis zu Dries Andijvel, der gerade »Es wollt ein Jäger früh aufstehn« auf seiner Geige kratzte.

Der Mann ließ Geige und Lied fallen, aber Knecht Ruprecht erzählte ihm alles.

»Erst sehen und dann glauben!« sagte Dries. Knecht Ruprecht kriegte ihn am Ende doch noch mit hinunter, und zu zweit rasten sie auf dem Eselchen durch die Straßen nach dem »Verzuckerten Nasenflügel«.

Sankt Nikolaus fiel vor dem Nachtwächter auf die Kniee und flehte ihn an, doch die fünfundzwanzig Franken zu bezahlen, dann solle ihm auch alles Glück der Welt werden.

Der Mann war gerührt und sagte zu dem ungläubigen, hartherzigen Trinchen: »Ich weiß nicht, ob er lügt, aber so sieht Sankt Nikolaus doch aus in den Bilderbüchern von unsern Kindern und im Kirchenfenster über dem Taufstein. Und wenn ers nun wirklich ist! Gib ihm doch das Schiff! Morgen werde ich dirs bezahlen! ...«

Trinchen hatte großes Vertrauen zu dem Nachtwächter, der aus ihrer Nachbarschaft war. Und Sankt Nikolaus bekam das Schiff.

»Jetzt geh nur schnell nach Hause und leg dich schlafen«, sagte Sankt Nikolaus zu Cäcilie. »Wir bringen gleich das Schiff.«

Das Kind ging nach Hause, aber es schlief nicht, es saß am Kamin mit dem Kissen auf den Ärmchen und wartete auf das Niedersinken des Schiffes.

Der Mond sah gerade in das armselig-traurige Kämmerchen.

Ach, was sah Cäcilie da auf einmal!

Dort auf einem glitzernden Mondstrahl kletterte das Eselchen in die Höhe mit Sankt Nikolaus auf seinem Rücken, und Knecht Ruprecht hielt sich am Schwanz fest und ließ sich mitschleifen. Der Mond öffnete sich; ein sanftes, großes Licht fiel in funkelnden Regenbogenfarben über die beschneite Welt.

Sankt Nikolaus grüßte die Erde, trat hinein, und wieder war da das gewöhnliche grüne Mondenlicht.

Die kleine Cäcilie wollte weinen. Knecht Ruprecht oder der gute Heilige hatten das Schiff nicht gebracht, es lag nicht auf dem Kissen.

Aber siehe! was für ein Glück, das Schiff, die »Kongo«, stand ja da, in der kalten Asche, ohne Delle, ohne Bruch, strahlend von Silber, und rauchte für mindestens zwei Groschen weiße Watte aus beiden Schornsteinen! Wie war das möglich? Wie konnte das so in aller Stille geschehen? . . .

Ja, das weiß nun niemand, das ist die Findigkeit und die große Geschicklichkeit vom Knecht Ruprecht, und die gibt er niemand preis.

DAS SCHWEINCHEN

Vater,« fragt Klärchen, »warum laufen die Schweinchen nackend herum?«

»Weil sie keine Haare haben«, sagt Lieschen.

»Doch, sie haben Haare,« sagt der Vater, »guck, hier ist eins, und da ist noch ein Haar, und ich glaube, hier auch noch eins.«

»Das kann man kaum Haare nennen,« sagt Lieschen, »das kommt vom zuviel Heringfressen.«

Und wieder fragt Klärchen: »Warum läuft das Schweinchen nackend herum?«

»Und warum läuft es auf den Zehen?« fragt Lieschen.

»Und warum hat es Augen wie ein schreiender Täufling?«

»Und warum ist sein Schwänzchen wie eine Ringellocke?«

Und der Vater fabuliert:

Als der liebe Gott die Tiere geschaffen hatte, waren sie noch alle nackend. Aber am selben Tag noch wollte er sie mit Hilfe der Engel, jedes nach seiner Art und seinem Wesen, färben und kleiden. Alle standen brav und ordentlich in einer Reihe und warteten geduldig, bis sie drankamen. Aber das Schwein, gefräßig von Anfang an, war aus der Reihe weggelaufen und, an der Erde hinschnüffelnd, in den Wald geraten, wo es anfing zu schmausen und zu schmatzen an zarten, saftigen Wurzeln. Und als es gut gegessen hatte, legte es sich vor Behagen auf den Rücken und schlief ein, seine vier Beine in der Luft.

Erst als die Sonne unterging, wurde es wach und erinnerte sich plötzlich an das Bekleiden der Tiere. In aller Geschwindigkeit rannte es nach dem Platz, wo das vor sich ging. Und es kamen ihm viele Tiere entgegen, schön angezogen und bemalt, alle verschieden und jedes für sich kenntlich.

Das Schaf trug ein weißes Hemdchen aus krauser Wolle, der Esel hatte einen grauen Kittel an und auf dem Rücken ein braunes Kreuz gemalt, weil er später den lieben Heiland nach Jerusalem tragen sollte. Der Löwe war bekleidet mit einer Mähne wie ein Palmbaum, die Kuh war weiß und braun gefleckt, der Tiger regelmäßig gestreift auf beiden Seiten, rechts und links ganz gleich. Sogar der Frosch, der sich nicht entschließen konnte, ob er in oder außer dem Wasser leben wollte, hatte ein knapp um die Glieder sitzendes Gummimäntelchen an, das mit allerlei sonderbaren Figuren bemalt war. Der Hund hatte Haare, je nach Wahl, der eine kurz, der andere lang. Die Ziege trug ein Bärtchen wie ein Stadtschreiber, und der Hahn hatte so viele schöne Federn, daß er gar nicht wußte wohin damit und deshalb die längsten am Ende seines Rückens trug; und die Vögel, all die Vögel, so schön kann man gar nicht träumen, so schön, wie die angezogen waren!

Das Schwein machte lange Beine, um auch so ein schönes Kleid zu kriegen. Außer Atem kam es auf dem verlassenen Platz an.

Aber ach, wie erschrak der liebe Gott, als er das Schwein da nackend herangetrabt kommen sah! Denn er saß gerade schon mit seinen Engeln auf einer Wolke, um zurück in den Himmel zu segeln, und der Farbenkasten war alle, ganz und gar alle, und die Stoffkiste so leer wie ein Lampenglas.

Er schlug die Hände zusammen. Was nun anfangen!

»Du kommst zu spät«, sagte der liebe Gott zu dem Schweinchen. »Sieh hier den Farbenkasten! nicht mal mit dem Vergrößerungsglas findest du noch ein Tröpfchen, sogar die Pinsel haben wir im Graben ausgewaschen, und der ganze Stoff ist verbraucht! Ach, nun läufst du allein nackend herum! Schweinchen, Schweinchen, warum bist du auch aus der Reihe gelaufen!« Ein Engel stemmte schon die Schulter unter die Wolke, um sie in Bewegung zu setzen, aber das Schwein fing an zu heulen und zu quieken, zu quieken, heiliger Petrus! so jämmerlich, daß sein Rüssel ganz lang wurde und man die Augen nicht mehr sah.

Der liebe Gott wurde kreideweiß. Er hätte so gern dem Schweinchen geholfen, besonders weil es nun auf einmal so häßlich geworden war. Da stand er und wühlte mit den Händen in seinen goldenen Haaren.

Und das Schweinchen schrie immerfort: »Ich bin nackend, ich allein bin nackend! Und nicht eine einzige Verzierung, nicht ein einziges kleines Ornament am Leibe! Und ich wär schon mit so wenig zufrieden!« Aber dem lieben Gott schaffte all das Geheule weder Farben noch Stoff herbei.

Vor Kummer wand sich der liebe Gott die Haare um die Finger, und da blieb eine schöne Korkzieherlocke hängen. Da fiel ihm das traurige schlappe Schwänzchen des Schweines in die Augen, und ein herrlicher Gedanke schoß in ihm auf.

»Komm mal her!« sagte er, nahm die Brennschere, mit der er das Schaf und andere Tiere onduliert hatte, und erhitzte sie an dem ersten Stern, der an dem blauen Himmel aufblühte, und brachte das schlaffe Schwänzchen in ein zierliches und dauerhaftes Ringellöckchen.

»Mehr kann ich nicht tun,« sagte der liebe Gott, »ich kann doch deine Beine nicht zu Löckchen brennen!«

Und das Schwein sah sich um nach seinem Schwänzchen und fand es so schön, daß es vor Freude grunzte, und es war so stolz darauf und tat sich damit so dick, daß es von nun an auf den Zehen ging wie ein reiches Dämchen mit einem neuen Hut.

AMBIORIX

Ambiorix hat eine rote Kartoffelnase, unter der ein struppiger, schwarzer Schnurrbart feucht über die Unterlippe herabhängt. Seine Brauen gleichen langhaarigen Raupen, die böse sind, und tief unter der zurückfliehenden Stirn blinken scharf, aber ein wenig wehmütig, die kleinen, braunen Augen.

Er liebt die Gewalt.

Er ist Bäcker, weiß mit seiner Kraft nirgends hin und boxt bisweilen verzweifelt auf den harten, geschwollenen Teig wie auf den Bauch eines weißen Elefanten.

»Wer nimmts mit mir auf?« fragt er herausfordernd in der Wirtschaft, entblößt seinen Arm und läßt voller Stolz seinen Bizeps langsam anschwellen.

Die Leute schweigen in Bewunderung und Angst und trinken ihr Bier.

Das sind seine Schlachten; aber weil sie ohne Feind vor sich gehen, stimmen die Siege ihn traurig.

Ambiorix tritt mit bloßen Armen und bloßer, behaarter Brust in die Küche. Es ist Montag, und sein Sonntagsgeld ist vertrunken.

»Emma, gib mir einen Franken!«

Emma ist seine Frau, eine schlampige Person, die immer schnupft, um die Armut und ihre ewigen Zahnschmerzen in einem Niesen vergessen zu können.

»Ach, Achill,« klagt sie, »du hast gestern meinen letzten Groschen gekriegt.«

»Zwei Franken!« klingt es drohend.

»Aber Achill, es ist diese Woche doch so knapp gewesen!«

»Drei Franken!«

»AberAchill,wirkönnenmorgenkeinFleischholen.«

»Fünf Franken!«

»Ach Gott, ach Gott! und Donnerstag kommt der Kassierer aus der Mühle wegen des letzten Sackes Mehl!«

Ambiorix hat eine Glasvase vom Kamin genommen und sagt abgemessen, während er die Vase vor sich hin hält: »Eins ... zwei ... drei!« Und gleichgültig läßt er sie fallen, als ob es eine Zeitung wäre. Die Scherben klirren wie Musik. Die Frau weint, während sie sich mit ihren schwieligen Händen im Haar kratzt.

»Ach Achill! Die schöne Vase, die ich auf der Tombola gewonnen habe! Ach Gott, ach Gott, sie hatte wohl einen Sprung, aber das sah kein Mensch! Oh, oh, meine schöne Vase, die ich auf der Tombola für die chinesischen Kinder gewonnen hab!«

Ambiorix hat eine zweite Vase genommen und sagt wieder abgemessen: »Eins ... zwei ...«, das Wort »drei« kommt nicht heraus, die Frau holt hastig und schluchzend die Börse aus der Schublade des Tisches und gibt ihm betrübt und zögernd die fünf Franken.

Er hätte das Geld ja auch ohne zu fragen aus der Schublade nehmen können, aber ihm liegt am Sieg.

Spät in der Nacht, als der Mond schief hängt, müde vom Heruntergucken auf die kleine Stadt, kommt Ambiorix leicht angesäuselt nach Haus. Er singt mit seiner rauhen Stimme durch die schlafenden Straßen:

»Und die uns wollen verhauen,
Müssen wackere Kerle sein!«

Er kommt an seine Tür. Durch die Scheiben sieht er die kümmerlichen Ladenflaschen, in denen nichts mehr ist, und die Fächer, auf die noch etwas drauf gehört.

Einen Schlüssel hat er nicht, den hat vor zwei Jahren der Kleine verloren. Und wie gewöhnlich geht er ein paar Schritte rückwärts, nimmt einen Anlauf und tritt die Tür ein. Der Riegel springt klirrend über den Fußboden, er sucht den Riegel, befestigt ihn wieder, wo er hingehört, und schließt die Tür von innen.

Sein Leben verläuft einfach, ohne viel Umstände.

Sie haben eben Kaffee getrunken. Die Tassen sind leer, mit braunen Kaffeerändern. Die müssen nun abgewaschen werden, und Emma sitzt jammernd vor Zahnschmerzen auf ihrem Stuhl. Hinter ihnen steht der Glasschrank, ohne Glas, seit irgendeinem Ambiorix-Siege. Um Emma die Arbeit zu sparen, nimmt Ambiorix die Tassen und die Kaffeekanne und wirft sie geschickt, ohne sich umzusehen, in die Fächer des Glasschrankes. Und da Emma immer Zahnschmerzen hat, ist Ambiorix immer so behilflich. Denn er scheut keine Mühe. Sie sitzen in der Küche, deren Fenster nach der Straße zu liegen. Es ist ein Eckhaus. Es wird Abend. Die Dämmerung mausert sich über den Ge-

genständen, und Emma zündet langsam die Lampe an. Das Rouleau muß niedergelassen werden, jedoch die Schnur ist, ach schon so lange! durch einen zu kräftigen Ruck abgerissen, aber Ambiorix stellt sich auf einen Stuhl und zieht es an den Fransen herunter ...

Und am Morgen steht er wieder auf einem Stuhl und reckt sich, bis seine Hand die hölzerne Rolle erreicht, und rollt das Rouleau wieder auf.

Es ist Sonntag, und Ambiorix hat seine beste Hose an. Es ist eine graue Hose mit braunen Streifen.

Draußen schneit es, und der Ofen brennt schlecht. Der Feuerhaken, zum Schüren der Kohlen, ist nicht zu finden: der Kleine wird wieder damit gespielt haben, und Emma ist zu elend, um danach zu suchen.

Auf einmal ruft Ambiorix, der im »Riesen Finard« gelesen hat: »Wir wollen doch mal sehen, ob der Feigling nicht brennen wird!«

Er steigt auf einen Stuhl, schiebt den Deckel vom Ofen und stampft mit dem Schuh in die brennenden Kohlen.

Ein Geruch von verbranntem Zeug heilt Emma von ihren Zahnschmerzen: »Du verbrennst dir deine Hose!« ruft sie, »deine gute Hose, zu 6,75 das Meter!«

»Was verbrennt, braucht nicht abgetragen zu werden«, sagt Ambiorix und kämpft weiter gegen den Riesen Finard.

An seinem Fahrrad ist ein Schlauch ohne Luft. Die Luftpumpe finden sie nicht, schon wieder die Schuld des Kleinen, und sie wissen, wenn sie auch die Pumpe finden, daß kein Gummischlauch daran ist.

»Her damit!« sagt Ambiorix und wirft sich auf den Bauch, nimmt das Ventil in den Mund und bläst den Schlauch auf, so leicht und so schnell, als ob es ein Frosch am Strohhalm wäre.

Wenn er liest, sind es nur Bücher, in denen viel gekämpft wird: Der Löwe von Flandern, Die drei Musketiere, Hans Unverzagt, Die vier Haimonskinder. Aber vor allem liebt er Jan Breydel und ganz besonders Ambiorix, der Cäsar tüchtig zu schaffen machte. Er spricht so viel von Ambiorix, daß man ihn auch so genannt hat, und das ist für ihn ein großer Ruhmestitel.

Wenn auf dem Jahrmarkt die Ringerbude aufgeschlagen ist, in der stets ein Neger sich betätigt, dann steht er da und wartet, bis der Budeninhaber ruft: »Wer unter den geehrten Mitbürgern wagt es, mit diesem Neger: Massala, dem Schwergewichtsmeister, zu kämpfen?«

»Ich«, ruft Ambiorix. Und kurz darauf hat er nur noch die Hose an und quetscht den schokoladefarbenen Mohrenleib in seinen weißen Armen, daß das schwarze Sonnenkind die weißen Zähne zeigt und seine Augen wie Billardkugeln hin und her rollen.

Winter und Sommer steht er nach dem Mittagessen um ein Uhr vor der Tür. Er zeigt sich den Arbeitern, die auf die Arbeit gehen. Herausfordernd steht er da, die Hemdsärmel aufgerollt bis oben hin, wo man ihn geimpft hat, die haarige Brust entblößt.

Er wartet nur darauf, daß ihn einer mal schief angucken soll, um ihm dann eine runterzuhauen, daß man ihn drüben zum Apotheker tragen muß. Aber niemand guckt ihn schief an. Und das ist sein Ärger, daß er nicht kämpfen, daß er nur am stummen Teig seine Kraft auslassen kann.

Er möchte zwei, drei volle Mehlsäcke auf einmal durch die Stadt tragen, um zu zeigen, was er kann, aber er kriegt zur Zeit nur einen von der Mühle.

In jedem Augenblick des Tages erweist sich seine Kraft als ein verfluchter Zwang. Ach, könnte er sie nur zusammenquetschen im Ringen, Boxen, Schlag um Schlag, Gewichte heben! Er wäre ein großer

Mann, und die Zeitungen würden in großen Buchstaben über Ambiorix berichten.

Jetzt ist er ein kleiner Bäcker mit einem halben Ofen Brot, der von morgens bis abends schuften muß, um arm zu bleiben. Berühmt werden um seine Stärke, das ist sein Verlangen, seine Sehnsucht, die Leere seines Lebens!

Wenn er vor dem Spiegel steht und seinen Bizeps anschwellen läßt, dann weiß er wohl, daß jetzt alles zu spät ist, er bekommt schon graue Haare und wird wohl Bäcker bleiben müssen.

Aber es soll in der Familie bleiben. Sein Söhnchen möchte er im Boxen erziehen, um aus ihm einen echten Ambiorix zu machen. Aber das Kerlchen ist so dünn wie ein Pfeifenrohr und heult schon, wenn ein anderer Junge mit dem Finger auf ihn zeigt. Und das ist wieder ein Ärger in seinem Leben, und wegwerfend sagt er: »Mein Apfel fällt weit von meinem Stamm.«

Ambiorix hat von dem großen Ringer gelesen. Seine Gedanken bersten davon. Er ist eifersüchtig. Während er den Teig im Trog bearbeitet, sieht er wie eine Vision den viereckigen Trichter mit tausend Menschen, gespannt aus dem Dämmerlicht auf die Mitte blickend, wo unter einem Zelt von weißem Licht nackte, muskelstarke Leiber einander umklammern. Im ganzen Saale hört man nur das Keuchen der beiden Ringer und das Klatschen ihrer Hände auf dem nackten Fleisch.

Aber der Stärkste ist nicht der große Ringer, über den jetzt alle Zeitungen berichten. Es ist Ambiorix in eigener Person!

Er sieht sich selber dort stehen; auf seinen Rücken klatscht man, seine Hände sind es, die den anderen umschlingen, o so heftig! Die Armballen schwellen, die Muskeln seufzen und krachen, die Schenkel klappern, die Adern wollen springen, und der Bauch legt sich in Knoten wie ein Blumenkohl, aber er läßt nicht locker, und klatsch! er ist es, der den andern mit einem Knall und Knochenkrachen auf den Rücken niederklebt! Bravo!

Ein orkanartiger Applaus bricht los, Hüte werden geschwenkt, Blumen fallen ihm vor die Füße, Berichterstatter und Photographen umringen ihn, es gibt ein Siegesfestmahl mit laut herausgekrähten Ansprachen und einen Triumphzug mit Musik in einer geschmückten Straße mit vielen Lichtern vor den Fenstern. Und Ambiorix dankt, und von der hohen Treppe des Rathauses herunter will er die Menge seiner Bewunderer anreden, doch da merkt er, daß er vor einem Trog mit Teig steht, stummem, weißem Teig!

Das verwandelt sein Blut in Essig, und plötzlich schmeißt er die Küchentür auf und ruft seiner von Zahnschmerzen geplagten Frau, die sich eben waschen will, fluchend zu: »Warum wolltest du mich denn auch partout zum Manne haben, statt wirklich ins Wasser zu gehn? Wärst du nur ins Wasser gegangen, dann hätte ich jetzt in den Zeitungen gestanden! Du Schnupfnase, du!«

DIE MADONNA DER FISCHE

Speckzehe, der Fischer mit dem feuerroten Gesicht und dem weißen Stoppelbart, hatte die silberne Madonna aus der kleinen blauen Glaskapelle in der Beginenstraße gestohlen.

Ach, es war so schnell gegangen, sie lag in seinen Armen, fast ehe er es selber wußte, als ob sie ihm hineingesprungen wäre.

Jeden Tag, wenn er mit seinen Netzen an die Nethe ging, betete er vor der Madonna drei Ave-Marias um einen guten Fang.

Und während er nun wieder dastand in der Abenddämmerung und betete, sah er die Glastür ein wenig offenstehen. Wahrscheinlich hatte die Nonne, die das silberne Standbild mit frischen Blumen zu versorgen hatte, vergessen, die Tür wieder zu schließen.

Speckzehe spähte, während er betete, mit seinen wimperlosen Äuglein schlau nach rechts und links. Keine Seele war auf der Straße, nichts als ein weißes, mageres Hündchen, das schnüffelnd in der Gosse lief. Und Speckzehes Gedanken wurden durchblitzt von all dem weißen Silber, das man nur zu nehmen brauchte. Dann würde er nie mehr zu arbeiten haben und könnte alle Tage Fleisch essen.

»Du bist gebenedeit unter den Weibern«, wupp!

Speckzehe sprang in die Höhe, und ach, es war schneller geschehen, als er dachte, die Madonna saß unter seinem nach Fisch riechenden Rock.

Erst wollte er damit nach Hause gehen, aber die Frau und die Kleinen würden es schnell ausplappern, und so ging er dann zu seinem Kahn an die Nethe.

Er spürte schon große Reue über seine Tat und stammelte unterwegs: »Du Dieb, du Dieb! Mußte ich dafür so alt werden!«

Er hatte große Lust, das Bild zurückzubringen. Aber wenn man ihn nun erwischte, wie er es wieder in die Kapelle stellte! Wenn er auch sagen würde, daß er es auf dem Wall gefunden hätte, man würde ihm nicht glauben, man würde ihn ausquetschen mit Fragen, und zwei Jahre könnte er dann im Gefängnis sitzen. Aber er mußte das Bild loswerden, da half nun alles nichts.

Er wollte es irgendwo im Feld verlieren, man würde es finden, und dann war alles wieder in Ordnung. Und er war schon drauf und dran, das zu tun, als er plötzlich stehenblieb und sagte: »Aber im ganzen Leben tu ichs nicht! Wenn der Finder es einschmilzt in einem Tiegel und in Antwerpen für viel Geld verkauft, dann hätte ich es gestohlen, und ein anderer hätte den Nutzen davon! Im ganzen Leben tu ichs nicht!«

Und er kehrte mit der silbernen Madonna wieder um, zur Nethe, über der der Mond aufging.

Er stieg in seinen halbverfaulten Kahn, fuhr eine kleine Strecke flußaufwärts bis hinter den Beginenhof und ließ das Bild bei den zwölf flüsternden Pappeln, gerade vor der dritten Pappel, ins Wasser sinken.

»Ich werde es später einmal heraufholen, dann sind wir reich«, sagte er, wie erleichtert und befreit von der Furcht, nun er die Madonna nicht mehr sah und fühlte.

Das Herausholen später war eine Kleinigkeit für ihn.

Speckzehe konnte nicht das kleinste Stückchen schwimmen, aber was er konnte, das war unter dem Wasser gehen, von einem Ufer zum andern. Das hatte er oft genug gemacht, früher, als er noch keinen Kahn hatte und beim Fort draußen fischen ging. Um dann heimwärts keinen Umweg über die Brücke machen zu müssen, stieg er einfach ins Wasser, spazierte drunter

durch und kam am andern Ufer wieder herauf, bequemer noch, als wenn er durch Nebel gegangen wäre.

Und mit neuem Mut begann Speckzehe an demselben Platz zu fischen. Er ließ das Netz hinunterrollen und wartete, während er in den Mond blickte.

Und dann zog er es auf. Aber, o ihr Meergötter! Was war denn das? Speckzehe zog und zerrte an dem Netz und kriegte es nicht herauf; es war so schwer, als ob eine ganze Kanone darin läge. Der Kahn kippte fast dabei um.

»Meine Netze! Meine Netze!« rief er, und aus Angst, seine Netze zu verlieren, krampfte er alle Kräfte zusammen, alle Muskeln spannten sich um die zitternden Knochen, die Adern platzten fast, sein dünner Bauch wulstete sich, und er zog und zog; endlich — da glitzerte im Mondenschein sein Netz, bis an den Rand gefüllt mit zappelnden, klatschenden Fischen!

Speckzehe schrie auf vor Freude, zitterte auf den Beinen und schöpfte all die Fische in den Kahn, so viele, daß wohl vierzig Pfund von dem Haufen wieder ins Wasser glitschten.

»Träume ich nun, oder werde ich verrückt?« lachte Speckzehe.

Toll vor Glück und Gier, aber mehr noch, um sich selber zu überzeugen, ließ er das Netz wieder ins Wasser sinken, zog es sofort wieder hoch, und siehe da: von neuem ein Netz voll mit allerhand Fischen! Keine kleinen Krabben, wißt ihr, sondern feine Ware, Aale wie Schlangen, Hechte wie Schenkel, und Karpfen, die einen Bauer vom Pferd stoßen könnten!

»Jetzt trau ich meinen eigenen Augen«, sagte Speckzehe.

Aber es war kein Platz mehr im Kahn, und es blieb ihm nichts übrig, als das Netz zurücksinken zu lassen.

»Das müssen die zu Hause sehn!«

Er band den Kahn an der Pappel fest, schöpfte als Beweis einen Eimer voll Fische und lief nach Haus, wo er ausgelassen an die Tür polterte.

Frau und Kinder lagen schon im Bett. Seiner Frau, die ans Fenster kam, rief er zu: »Schnell, schnell, einen Handwagen! Ich habe einen ganzen Kahn voll Fische! So was ist noch nicht dagewesen! In einem Zug einen ganzen Kahn voll! Armdicke Aale! Hecht und Barsch und Tarbutt! Zum Ausstellen schön! Rasch einen Handwagen! Und es gibt noch mehr Fische da! Die Nethe schwillt davon an!«

Gleich waren die sonst so faulen Jungen fertig, viele Leute aus dem Gäßchen, die der Lärm geweckt hatte, liefen mit nach der Nethe, und Nachtschwärmer, die aus einer Versammlung oder aus den Wirtshäusern kamen, liefen hinter dem rasselnden Handwagen her.

Und da sahen sie es! Ein ganzer Kahn voll Fische, schöne Fische! Und Speckzehe zog mit Hilfe seiner Söhne noch drei volle Netze in die Höhe, bis der Handwagen überlief.

»Morgen kommen wir wieder«, rief Speckzehe. »Und morgen wird der Fisch gleich verkauft! Wir machen Geld wie Heu! Jetzt können wir ein neues Bett kaufen und einen neuen Küchenschrank! Wir können bockspringen über den Fischhaufen wie über einen Heuschober!«

Am andern Tag, nach dem vorteilhaften Verkauf der Fische, waren alle im Haus betrunken wie die Schnapphähne und zogen tanzend hinter einem Harmonikaspieler her, von einer Kneipe in die andere.

In der Dämmerung tutete der Zeitungsverkäufer auf seinem Horn und rief: »Lest die ›Laterne von Antwerpen‹! Der wunderbare Fischfang in der Nethe und der große Diebstahl der silbernen Madonna!«

In der Zeitung stand zu lesen, daß der Herr Verschaeren, genannt Speckzehe, wohnhaft Storchhalsgäßchen Nr. 3, sechshundert Pfund Musterfische in der Nethe gefangen hatte. Und über das Verschwinden der silbernen Madonna wußte das Blatt zu vermelden, daß man den Dieben auf der Spur sei.

Andere Fischer, die gewöhnlich weiter unterhalb an der Nethe saßen und gestern nicht einmal ein Weißfischchen gefangen hatten, versuchten es heute auch einmal bei den zwölf Pappeln, und jeder Zug brachte ein volles Netz!

Die Nachricht von dem Fischwunder lief wie ein

Bächlein in alle Häuser. Das ganze Städtchen ging an die Nethe, um zu schauen.

Alles strömte herbei, aus Palästen und Armeleutegassen, und die Deiche waren schwarz von Menschen. Viele rannten nach Hause, um Eimer, Körbe, Bütten und Schiebkarren zu holen. Überall war ein emsiges Fischeschöpfen aus dem Nethewasser bei den zwölf Pappeln, und wer keinen Eimer oder kein anderes Schöpfmittel bei sich hatte, fing die Fische einfach im Hut oder in der Mütze.

Das Sonderbarste an dem Fall war, daß gleich hinter den Pappeln auch kein Schwänzchen Fisch zu fangen war.

Speckzehe, der gehört hatte, daß nun andere an seinem Platz beim Fischen waren, kam mit der ganzen betrunkenen Familie fluchend herbeigetorkelt und wollte jeden Fischenden wegjagen, aber er wurde schlankweg ausgelacht. Das Wasser war für alle da! Und alle miteinander, selbst die Allerreichsten, machten einen Zug, und an diesem Abend und in dieser Nacht und am nächsten Morgen wurden so viel Wasserbewohner gefangen, daß die ganze Stadt nach gebratenem, gekochtem und gedämpftem Fisch roch.

Und als Speckzehe mit seinem vollen Handwagen an die Türen kam, sagte man abwehrend: »Ach, lieber Mann, wir brauchen nur zu den zwölf Pappeln zu gehen, dann haben wir eine ganze Bütte voll!«

Er verkaufte nicht einmal für einen Groschen und mußte seinen schönen Fang auf den Abfallhaufen beim Kesselschen Tor tragen.

Am andern Tag las man in den Zeitungen, nun auch in den französischen aus Brüssel und dem Walenland, von dem wunderbaren Fischfang, und daß weder in Rupelmonde noch in Duffel, noch in irgendeinem Gewässer neun Stunden in der Runde auch nur ein fingerlanger Fisch zu fangen wäre. Alle Fische wurden angesogen und zusammengebacken bei den zwölf Pappeln.

Am Tag darauf, es war ein Sonntag, gossen die Züge die Menschen aus wie Ameisen. Alle Angelfischer von Limburg bis an die See kamen, um zu sehen und ihr Heil zu versuchen. Journalisten, Schriftsteller, Maler, Photographen, sogar Berichterstatter von ausländischen illustrierten Zeitschriften schrieben, notierten, zeichneten und photographierten, sogar ein Filmoperateur war dabei, — wer könnte das alles schildern!

Und am Montag sah Dries Andijvel, der Turmwächter, gegen Abend, über die ganze Länge der Nethe von beiden Horizonten her überall Kähne und Schiffe heran gerudert, gesegelt und gedampft kommen, denn es waren wahrhaftig sogar kleine Dampfschiffe dabei, die schwarze Rauchwolken über das Land zogen. Aus allen Gegenden kamen sie, aus

Antwerpen, Themsche, Mecheln, Turnhout. Bewaffnete Schutzleute mußten eingreifen, und jeder durfte nur der Reihe nach fischen.

Der Gemeinderat wurde zu einer dringlichen Sitzung zusammengerufen, und es wurde eine neue Steuer von zehn Franken auf jeden Zug gelegt. Die Liberalen stimmten dagegen, weil sie die Stadtkasse gerne leer sahen, um das bei den kommenden Wahlen als Kampfmittel zu verwenden.

Der Fischüberfluß dauerte an. Und nun kam man schon mit Wagen und Karren aus Antwerpen. Wechselagenten, ein Bankier und andere Honoratioren steckten die Nasen zusammen, – wieder wurde der Gemeinderat einberufen, und es wurde beschlossen, unter städtischem Schutz und Beistand eine G.m.b.H. zu gründen zur Ausbeutung des Fischfangs in der Nethe bei den zwölf Pappeln.

Die Liberalen rasten, denn nun war die Stadtkasse auf einmal voll, und die beste Propaganda für die Wahl fiel ins Wasser.

Die Leute aus dem Städtchen hatten sich den Fisch zuwider gegessen, aber aus fünf Stadttoren fuhren fortwährend volle Wagen und Karren nach anderen Dörfern.

Speckzehe saß ganze Tage zu Haus in einer Ecke und grübelte. Ach, hätte er doch nur niemand etwas von dem Fischfang gesagt, hätte er doch seiner Frau an dem Abend nicht so laut zugerufen, dann wären sie jetzt so reich, wie das Meer tief ist. Nun war alles zum Teufel!

Plötzlich richtete er sich auf: »Und wenn ich will, ist es mit dieser Fischerei aus! Dann fangen sie keinen Stint mehr!«

»Was?« fragte die Frau, die mürrisch war wegen ihrer Armut. Aber er sagte nichts, sank zurück in seine Ecke und schluchzte hinter seinen Händen.

»Du bist verrückt«, sagte die Frau.

Ja, Speckzehe hatte langsam angefangen zu begreifen, warum da so viel Fische gefangen wurden. Eine Maus knabberte an seinem Gewissen, und er konnte sie nicht wegjagen.

Wie gleich nach dem Diebstahl, drückte ihn auch jetzt noch dieselbe Angst: wenn er sagte, wo das Bild wäre, würde er in Verdacht geraten und ins Kittchen wandern.

Das Bild herausholen und irgendwo anders hinlegen, wo man es finden mußte, das war eine Kleinigkeit, aber der Platz war Tag und Nacht voll von Fischern und Fuhrleuten und anderen Menschen!

Und voller Neid, daß all die schönen Fische ihm noch keinen Soldatenknopf einbrachten, und aus Reue über den Diebstahl betete er stundenlang, daß man die silberne Madonna doch finden möchte! Aber kein Mensch dachte auch nur daran, daß sie da unten im Wasser liegen könne.

Die ganze Welt sprach von dem wunderbaren Fischfang. Das Nethewasser wurde in den Laboratorien untersucht, ob keine besonderen Bestandteile darin zu entdecken wären, Gelehrte schrieben darüber in den Zeitschriften und hielten Vorträge mit Lichtbildern.

Eine Zeitung aus Brüssel ließ auf ihre Kosten einen Taucher kommen, um zu sehen, ob nicht etwas Besonderes in dem Wasser läge, was die Fische anzöge. Als Speckzehe das hörte, tanzte er durch das ganze Haus vor Freude. Nun würde es gefunden werden, und dann war alles wieder gut!

Die Nethedeiche kribbelten von Menschen, als der Taucher mit dem eisernen Ballon überm Kopf ins Wasser stieg. Aber nach fünf Minuten war er wieder oben. »Ich gehe nicht noch mal,« japste er, »ich muß mich durch Mauern von Fischen würgen. Sie pressen mich wie mit Bärentatzen. Das bringt selbst der Seeteufel nicht fertig!« Und mit dem Tauchen war es aus.

»Ich fühle es,« sagte Speckzehe traurig vor sich hin, »ich werde es schon selber tun müssen! Ich habs hineingelegt, ich muß es auch herausholen, ich tu es aber nicht!«

Der wunderbare Fischfang mit seinem Zulauf von Fremden war ein Segen für die drei Hotels und für die Gasthäuser, die dem gelben Bahnhof gegenüberlagen, und für die Fladen von Sooke van der Muschen. Doch die Fischhändler klagten, schlossen ihre Läden und sahen sich nach einem anderen Beruf um. Der Freitags-Fischmarkt wurde zeitweilig geschlossen. Aber man las auch fast täglich über den Diebstahl der silbernen Madonna. Plötzlich glaubte man, sie in Paris gefunden zu haben; dann wieder wurde erzählt, daß vorüberziehende Zigeuner mit Tanzbären eingeschmolzenes Silber verkauft hätten; später gab es wieder eine Nachricht aus London, die endigte: »Während der Drucklegung dieser Zeilen hofft man, den Täter in den Händen der Polizei zu haben.«

Speckzehe magerte ab.

Der Gemeinderat hielt, während die Liberalen aus Protest fernblieben, eine Sitzung nach der anderen ab, um die neue G.m.b.H. rasch in Tätigkeit treten zu lassen.

Der fromme Pfarrer vom Beginenhof aber griff zum letzten Hilfsmittel, um das Bild zu finden. Man wollte an neun Tagen hintereinander eine Prozession dreimal um den Beginenhof herumgehen lassen.

Es war eine schöne Prozession, bei der alle Stadtteile mit ihren alten Fahnen, Heiligenbildern und

Standarten mitwirkten. Alle Klosterinsassen in der Stadt gingen mit, alle Madonnen aus den Kirchen und Kapellen wurden im Zuge getragen, und alle frommen Leute, die mit in der Prozession einherschritten, hatten auf Rat des Pfarrers die Madonna aus ihrem Haus in den Armen und eine Kerze in der Hand. Es war rührend anzusehen, dieser Zug von Hunderten von heiligen Jungfrauen, die ihre verlorene Schwester suchten.

Die Prozession war so lang, daß Anfang und Ende sich berührten. Sie zog jeden Tag dreimal um den Beginenhof herum, und jedesmal kam sie an den zwölf Pappeln vorbei, wo fortwährend von hundert Kähnen aus anderen Städten gefischt wurde, für jeden Zug zehn Franken, die die Schutzleute in Empfang nahmen. Es wimmelte von Wagen, die leer ankamen und voll wegfuhren. Aber in diesen Tagen sollte der Vertrag mit der neuen G. m. b. H. unterzeichnet werden, dann würde das alles geregelter vor sich gehen. Man sprach von einer Eisenbahn, von Kränen und Kais.

Speckzehe ging mit in der Prozession und trug eine kleine Gipsfigur von der Mutter Gottes und betete, daß *man*, aber nicht er, das silberne Bild finden möge. Und jedesmal, wenn er an den zwölf Pappeln vorbeikam, fühlte er einen brennenden Schmerz im Herzen.

Aber er wagte nicht, etwas zu sagen, nicht die leiseste Anspielung zu machen, aus Angst vor dem Gefängnis.

Acht Tage ging die Prozession nun schon ohne Erfolg, und in diesen wenigen Tagen war Speckzehe ganz gebeugt und fast dreimal so alt geworden.

Am neunten Tage wurde der Vertrag mit der neuen G. m. b. H. unterzeichnet, und abends sollte deshalb ein großes Bankett im »Delphin« stattfinden.

Am Nachmittag zog wieder der Edelsteinring der Prozession dreimal um den Beginenhof herum, beim dritten Mal aber stand Speckzehes Gewissen in wilden Flammen. Als er zu den zwölf Pappeln gekommen war, konnte er nicht mehr weiter. Sein Blut war wie Blei. Er preßte den Mund zusammen, aus Angst vor seinen Worten, aber seine Lippen wurden auseinandergedrückt. Mit seiner braunen Hand zeigte er auf die dritte Pappel und rief: »Dort! Dort! Dort! Im Wasser seh ich sie!« Er ließ die Gipsmadonna fallen, schritt vom Deich hinunter und stieg ins Wasser.

Plötzlich war eine gespannte Stille, tausend gereckte Hälse, offene Münder und erstaunte Augen ...

Und da stieg langsam die silberne Madonna aus dem Wasser empor, dann Speckzehes Hände, dann sein feuerrotes Gesicht und dann er ganz und gar.

Ein lauter Jubel krachte los, das ganze Land erschallte. Man zog ihn den Deich hinauf, aber Speckzehe blieb liegen, dreiviertel tot.

Der Pfarrer kam heran, empfing das Bild, führte es an die Lippen und gab es dem Küster, um Speckzehes Beichte zu hören.

Und während das Volk sich auf den Küster zuwälzte, um die Madonna zu sehen, die er mit dem Taschentuch auf das Kreuz gebunden hatte, das er in die Höhe hielt wie eine silberne Flamme, — während die Menge kniete, beichtete Speckzehe in des Pfarrers Arm gebettet und erzählte seinen Diebstahl und seine Reue.

Der Pfarrer vergab ihm seine Sünden, brach ein Stückchen der glorreichen Hostie aus der Monstranz und gab es ihm als Zehrung.

Dann starb Speckzehe, dessen Tat ewig unentdeckt blieb durch das Geheimnis der Beichte.

Und siehe da! Während die Menge dort betete, um die wiedergefundene Madonna herum, während Speckzehe weggetragen wurde, mit einem Taschentuch über dem toten Haupt, zogen die Fischer ihre Netze in die Höhe, und es war nichts darin! Gar nichts! Nicht einmal ein Fischlein, so groß wie diese Schreibfeder!

Die Mutter Gottes wurde triumphierend durch die Straßen getragen. Und wenn die Leute das Bild gesehen hatten, liefen sie an die Nethe, um die Fischer leere Netze heraufziehen zu sehen. Es war nichts mehr zu sehen, aber gerade dieses Nichts wollten sie nun betrachten.

Am selben Abend zog die liberale »Harmonie« höhnisch vor den »Delphin«, wo die Mitglieder der neuen G. m. b. H. mit wenig Appetit an der Festtafel saßen, und spielten ununterbrochen das Liedchen:

»Alle Fische schwimmen,
Alle Fische schwimmen,
Nur der kleine Backfisch nicht« ...

Am nächsten Tag erschien im Staatsanzeiger der nun ins Wasser gefallene Vertrag der »Gesellschaft mit beschränkter Haftung zur Ausbeutung des Zwölfpappelnnethewasserfischfangs«.

DIE LÄNDLICHE PROZESSION

Brummend läutete die Glocke in den hellen Sonntag hinein. Und durch die gelbe Allee, die war wie ein Säulengang, durchstochen von den goldenen Meißeln der Herbstsonne, zog in trägem Tanzschritt die kurze Prozession, mit ihren leuchtenden Farben und ihrer bescheidenen Musik: einem Trommler und einem Klarinettisten.

Der hagere Küster schritt voran mit dem hohen Kreuz, und vier Knaben, kleine Pfarrer im Meßornat, streckten jeder einen Wimpel in die Höhe, auf dem gestickte Heilige und billige Edelsteine zu glitzern versuchten.

Ein dicker Barfüßermönch in brauner Kutte und ein großer Lümmel in rotem Rock trugen auf den Schultern auf einer Bahre die Statue der heiligen Euphemia, die von einem Bären totgebissen wurde.

Ein Mädchen mit gelocktem Haar, das vor lauter Vorsicht vornübergebeugt ging, steif in seinem gestärkten weißen Kleidchen, streute aus einem versilberten Körbchen hie und da ein Herbstveilchen oder eine späte Rose. Aber auch die Bäume streuten dann und wann voller Ehrfurcht ein sich drehendes goldenes Blatt über die Prozession, denn es war Ende September, und das Kleid der Bäume war safranrot, getüpfelt mit einem wehmütigen Gold.

Vier alternde Frauen in weißen Musselingewändern, mit blauem Schleier, trugen das schrägüberhängende Standbild des heiligen Eligius im Bischofsornat, der rot war wie eine geplatzte Feige und durchsponnen von Goldfäden. In der einen Hand hielt er den kleinen Hammer und in der andern, die ver-

kehrt angesetzt war, wie von der Gicht verkrampft, trug er ein rotes hölzernes Buch. Dann kam die Mutter Gottes in blauem Samtmantel, getragen von zwei Bauerntöchtern, die sich gegenseitig mit ihren roten Backen zu übertrumpfen schienen. Der kleine alte Pfarrer, mit seinem rosigen Kindergesicht, ertrank fast in seiner Hülle aus Goldbrokat, und wie eine Sonne strahlte in seinen Händen das Kleinod der goldenen Monstranz. Ein Chorknabe mit einem dampfenden Weihrauchfaß schritt ihm voran. Der Zug wurde beschlossen von dem Bürgermeister, dessen schwarzes hölzernes Bein frisch lackiert war, auf dem ratzekahlen Kopf trug er einen neuen achteckig glänzenden Zylinder, und in der Hand hielt er eine erloschene Fackel.

Er betete laut mit dem Hirten, der hinter ihm herhinkte, und ein feuerroter Pilger mit entzündeten Augen kam noch mit eingeknickten Knieen müde nachgeschlichen; er trug einen grauen Mantel und viele Skapuliere und biß schmatzend in einen rotbäckigen Apfel.

Das war die Prozession, wie sie sich mit ihrer kümmerlichen Musik träge und einsam weiterschob gleich einem lebendigen Edelstein, über den gelben Weg, der müde über den Hügeln lag.

Ringsherum war sonntägliche Septemberstille, und es duftete nach langsam welkenden Dingen.

Die Sonne breitete Gardinen von kupferrotem Gold über die Äcker. Die Ernte war eingefahren. Die offenen, viereckigen Stoppelfelder lagen einsam und verlassen da und gaben der Landschaft ein seltsam fremdes Aussehen; sie glich einem, der sich den Bart hat abnehmen lassen.

Im Schoß zweier Hügel, wie zwischen zwei Knieen, lag das Dorf: eine Handvoll bescheidener Hütten um ein kreideweiß gekalktes Kirchlein. Ein kleiner Bach, begleitet von einem Pilgerzug knorriger Weiden, zog sein Silberband daran vorbei. Hie und da, wie an die Hügel geklebt, lag noch ein vergessenes Häuschen oder ein kleines Gehöft, viereckig eingezäunt.

Als sie das Dorf hinter sich hatte, wanderte die Prozession nun an diesen einsamen Wohnstätten entlang, um auch ihnen das gnadenvolle Vorüberziehen der Heiligen und des Gottes im Brote zu schenken.

Vor den Häusern, an denen sie vorbeikam, standen Tische mit Heiligenbildern und brennenden Kerzen, und Erwachsene und Kinder in Sonntagskleidern sahen aus den Fenstern oder knieten auf der Erde, und die hölzerne Mühle ließ zur Feier des Tages eine Fahne von ihrem stillen Flügelkreuz herunterwehen.

Und so zog sie weiter, die Prozession, mit ihren Farben, mit ihrem Trommeln und Pfeifen, über die Rücken der Hügel.

Aber hinter einer fernen Höhe türmten sich zarte, graue Wolken auf, mit abendblauen Bäuchen, eine ganze Horde, dicht gedrängt, wie Leute, die aus der Kirche kommen.

Der Hirte kannte das und sagte zu dem Pilgersmann, der nun wieder eine weiche, gelbe Birne schmatzte: »Ehe wir nach Hause kommen, sind wir naß wie Mist.«

Der Bürgermeister hatte es gehört, dachte sofort an seinen Hut und humpelte auf den Küster los, um ihm zu sagen, daß er viel schneller gehen müsse, denn es würde bald gießen.

»Dann kann der Pfarrer nicht nachkommen«, sagte der Küster und blieb tapfer bei seinem trägen Prozessionsschritt.

Ein großer Schatten schob sich über das Land, die Sonne faltete ihre Goldgardinen zusammen, etwas schien ausgelöscht, und ein stumpfer Ton gab der Landschaft ein ruhigeres Aussehen; nur das Kreuz der Mühlenflügel stand noch in hellem Licht.

Die Prozession zog den Hügel hinauf, hinter dem sich die Wolken anschoben.

Rechts unter ihnen lag das Dorf, und links in der Tiefe war eine weite Aussicht auf Felder, Wälder, Wiesen, Dörfer und Mühlen, hinter denen wie ein Traum eine Stadt in grauem Regen lag. Und die ersten Tropfen fielen. Sie fielen mit einem kurzen Geräusch, und sofort verbreitete sich ein frischer Duft von feuchtgewordener Erde. Einen Augenblick hörte es auf; aber klatsch! plötzlich war es da mit all seiner Gewalt, mit seinem ganzen milden Überfluß. Im Handumdrehen waren sie alle naß wie die Fische und glänzten und tropften.

Es gab ein tolles Durcheinander. Das Trommeln

und Pfeifen hörte auf, die Frauen mit dem heiligen Eligius drehten sich im Kreis herum und wollten von hier nach dort. Es gab ein Schreien und Jammern. Der Regen platschte und fiel in Strahlen wie Lanzen und in Tropfen wie wütende Marmorkugeln. Kein Baum, um sich unterzustellen, keine Höhle, um hineinzukriechen. Und es regnete! regnete, daß es dampfte, und die Kleider wurden ganz verdreckt. Außer dem Pfarrer, der ruhig, voller Ehrfurcht die heilige Monstranz unter dem Brokat verbarg und rief: »Weitergehen! Laßt es regnen, es ist ja nur Wasser«, und außer dem Küster und dem Mönch standen sie alle da wie in einem sengenden Feuer. Das Kind schrie wie ein Schweinchen, mit weit aufgerissenem Mund. Seine Korkenzieherlocken hingen ihm ausgereckt, schlapp und tropfend auf die Schultern. Die vier alten Frauen stellten den heiligen Eligius hin, schlugen die Röcke über den Kopf und liefen auf ein Gehöft zu, das etwas abseits lag. Das rotbäckige Zwillingspaar folgte mit schrillem Geschrei ihrem Beispiel. Der Hirt hinkte ihnen nach, und der skapulierbehängte Pilger schleppte sich hinterdrein. Der Bürgermeister, mit einem roten Taschentuch überm Hut, drehte sich erst ein paarmal um sich selber, mit den Armen in der Luft, und wählte dann denselben Weg; das kleine Mädchen, die Jungens und der Lümmel in rotem Rock begleiteten ihn. Da stand nun der Pfarrer mit dem Küster und dem Mönch in dem brausenden, rauschenden Regen.

»Kommt,« sagte er freundlich beruhigend, »es wird noch lange regnen, wir lassen die zwei Statuen ruhig stehen, die können wir doch nicht mitnehmen, aber tragt ihr die Mutter Gottes.«

Der Barfüßermönch und der Küster trugen das Bild, und gefolgt von dem Pfarrer zogen auch sie nach dem weißen Gehöft.

Da schimpften die Männer auf den Regen, der Bürgermeister am meisten, der unablässig mit dem Arm über seinen neuen Hut strich. Die Frauen plapperten über ihre verdorbenen Kleider, und die Jungens lachten über das immer noch heulende Mädchen, dessen Haare wie tote Aale vom Kopf herunterhingen.

Man brachte den Pfarrer und den Mönch und das Bild der Mutter Gottes in die gute Stube, wo ein Duft von reifen Äpfeln in der Luft hing und große Schüsseln mit Reisbrei unter dem Bett hervorschimmerten.

Dort betete der Pfarrer mit dem Mönch vor der goldenen Monstranz, die auf dem Tisch erglänzte.

Und draußen regnete es Silber mit lärmendem Rauschen.

Plötzlich und unerwartet sprudelte ein Sonnenstrahl durchs Fenster in die Stube hinein und schlug Funken aus dem goldenen Tabernakel mit der weißen Hostie.

Jeder blickte auf und wurde wieder froh. Auf einer dunklen, wegziehenden Wolke triumphierte ein klarer Regenbogen; ein Hahn krähte. Der halbe Himmel war schon wieder hell und blau mit einer frisch gewaschenen Sonne.

Und dort hinten standen der heilige Eligius und die heilige Euphemia nebeneinander naß und glänzend vom Regen und lächelten mit ihrem hölzernen gemalten Lächeln den Leuten zu, die aus dem Gehöft kamen.

INHALT

Erste Auflage dieser Ausgabe Insel Verlag Berlin 2018.
Aus dem Flämischen übertragen von Anna Valeton-Hoos. Bezugspapier: Aljoscha Blau, Berlin. Gedruckt auf holzfreies, alterungsbeständiges Werkdruckpapier der Papierfabrik Cordier, Bad Dürkheim, vom Druckhaus Nomos, Sinzheim. Gebunden in Fadenheftung von der Conzella Verlagsbuchbinderei GmbH & Co KG, Aschheim-Dornach. Printed in Germany.
ISBN 978-3-458-17776-0